花信風

山本光一詩集

詩集　花信風《かしんふう》＊目次

詩集

花《か》信《しん》風《ふう》

Ⅰ章　新・もえの和菓子アルバム

深い森の奥に

寂しさは
他人と仲良くするようにと
神様が教えるため

懐かしさは
寂しさが紛れるように

懐かしさは
深い森の奥の泉

泉の底からこんこんと
わき出る水のよう

今年の秋の新作和菓子
「泉のほとり」
透明感のある錦玉糖《きんぎょくとう》＊1を泉に見立て
その中に黒糖を細かくした砂粒をちりばめ
水がわき出るようすをあらわし
落ち葉をイメージした茶色のこなし＊2で
縁取りました

人は一人で生まれ
一人で死んでゆく
生ある間も寂しいことが多いもの

寂しくなったら泉のほとりへ
あまくやわらかくやさしくとけていきます

＊1　錦玉糖：寒天と砂糖または水あめを煮詰め、型に入れて冷やし固めたゼリー状の和菓子。
＊2　こなし：白あんを主原料に蒸して作る和菓子の生地。

片思いのように

（僕が死んだら
あなたに
最初に見つけてほしい……）

一人暮らしの寂しさに耐え
この齢で収入の少ない辛さに耐え
ときには病の苦しさに耐え
夏の暑さ冬の寒さに耐え
六十年と少し生きてきた

ずっと非正規雇用の僕
今もこれからも
さまざまな事が立ちはだかる

木枯らしで枯葉が舞っている
ずっと独り者の僕
一人分の夕食の食材と缶入りの酒一本
買い物帰りの夕暮れ時
自宅アパートへの道を歩いていると
ふとあなたのことを想っている僕に
気がついた

数年前に知り合い
近所のおじさんやおばさんのように

少しお話するくらいで
何のことはなく
今まであまり意識していなかったのに

俳句と和菓子を愛し
たまには饅頭をおすそわけしてくれる
着物の似合うあなたを想うと
どんな困難にも耐えていけそうな
気がして

それは
青春のころの
片思いにも似て

残された日々を

二月になると思い出す
あたしが愛した人が教えてくれた言葉

厳寒のシベリア
風は冷たくても晴れた日にはキラキラと
二月の光
軒の氷柱《つらら》から最初の水滴のひとしずく
輝きながら落ちる
ある気象学者が日本に紹介した

「光の春」

二月の和菓子教室のお題
「ひかりやさし」
淡いピンクに染めた求肥《ぎゅうひ》*で
梅の五つの花弁を寄り添ったように配置し
右半分の色を少し白っぽくし
右側から光が当たる様子を表しました

*

お誘いしたの
和菓子教室の見学に
近くのアパートに一人で住んでいる

身寄りのないあのおじさんを
このごろやつれが目立ってきたから心配で

三つ差し上げたの
帰りに生徒さんの作った上生菓子を
紅梅が描かれた一筆箋に
ピンクのインクで書いたメッセージを添えて

だんだん日脚が伸びてきますね
この和菓子のように
その季節でしか味わえない小さな楽しみを
そして人とのふれあいを

もえ

＊　求肥：和菓子の材料のひとつで、粉状のもち米に水や砂糖を足しながら練り上げて作ったもの。

春野

もう恋なんです
僕の心は
風呂敷で包んで
ぎゅっと縛られたよう

あなたは親切にも
和菓子教室に誘っていただき
紅梅の和菓子三つと
ピンクの文字の手紙をいただきました

これはあなたには届くことのない返信
もう忘れさせてください
それまではあなたに元気をもらっていたのに

青春の頃
こんな気持ちになったことがありました
その頃は次の恋を見つければそれでよかった
残りの人生が少なくなった今となっては

あなたの和菓子屋から離れた
京都市内でも洛北の昔僕の実家があった近く
一人で住むにはじゅうぶんな
安アパートに引っ越しすることにしました
そこは四季折々の自然が豊かな

終の棲家

男の子も女の子も一緒に
めだかや小鮒が泳ぐ小川や
菜の花やすみれやれんげの咲く
野原で遊んだ
恋など知らぬ幼き日

よしひろくん
みっちゃん
からすのえんどうのみで
ふえをつくって
いっしょにふこうよ

藤が浪うつ頃

谷間の清冽な激流に
あたしの心のひだが
もぎ取られていきそうな
恋でした

あなたの横顔と口元には
もうこの世にはいない
かつての恋人の面影
あなたを見かけると

あの激流がひとときよみがえり
あなたに和菓子をおすそわけしたり
和菓子教室にお誘いしたり
身寄りのない一人暮らしの
あなたが少し哀れで
でもそれだけではなかったの

最近あなたを見かけません
引っ越し先もわかりません

一筋の涙が頬をつたい
過去から未来への流れに落ちて
新しい和菓子が生まれました

「おもかげとほく」

恋の思い出に見立てた
若葉色のこしあんが
ぼんやり見えるように
藤色にほんのり染めた
求肥で包んで

蛍来よ

古書の香り
本を読んだ人の思い
その人の人柄も染みこみ
その人のいた部屋の空気も染みこみ
巡る季節の空気も時代の空気も染みこみ

洛北に引っ越してから
時々訪れるようになった小さな古書店
古書の香りは

どこかで聴いた心地よい音楽のように
疲れ切った僕の心と体に染みこんで

そこでたまたま見つけて買った
百円の薄っぺらな句集
その中にあった忘れられない一句

　蛍来よ小さき窓のすきまから

蛍や蝶々や雨蛙でいいから来てほしい
一人暮らしの僕の
アパートの小さな窓から

知りたくなった作者のこと

めったに見ない奥付を見たら
目に入った見覚えのある住所
　京都市左京区月影町二十九の十五
　菓恋（かれん）〈本名　水城もえ〉

手が震えて床に落としてしまった
片手で持っていた句集
作者の名前はあの人らしい
句集からにじみ出るあなたの実像
僕はこの句集の感想を手紙に書こうと思った

運命

思わずお茶をこぼしてしまいました
お客様に「秋風」という和菓子と
お茶をお出ししようとしたら
ここは和菓子屋の中にある甘味喫茶
あなたの句集の感想のお手紙の
差出人を見たのがいけなかった
あの人がたまたま句集を古書店でみつけ
ここの住所がわかったらしい

お手紙
独身の頃のように枕元において
寝る前に読み返したいけれど
それもかなわず
夫に見つからないよう気をつけて
あたしの机の
鍵のかかる引き出しの中にしまいます

友人のアドバイス
郵便局にあなたの私書箱を作りなさい
逢う場所はあまり目立たない
古ぼけた昭和初期からのクラシック喫茶
「運命」で

運命

シャンデリアがぼんやりともる薄暗い空間
もうお会いすることはないと思っていた
あなたの手はあたしの体にそっとおかれ
あたしも初老のあなたにもたれかかり
あたしの心はこわばりがほどけて
この時だけは自由にふうわりと
バッハが流れる空間を漂う

冬を越せれば

あなたからの手紙
胸の上に抱いて寝ています
寒に入り病気で寝込みがち
年老いた僕はなかなか起き上がれず
あなたに逢いにいけません

もう余命は三ヶ月ほどらしい
あなたの作った和菓子が食べたい
満開の桜の下

あなたと手をつないでいる僕は
もう夢の世界なのでしょうか

*

よもぎを練り込んだ
若草色のういろうで
梅あんを包みました
菓銘は「萌え野」

闇の青
光の黄
混ぜると緑
地上の早春の色は

さらに淡い若草色

この世ともあの世ともいえぬ場所で
川面を流れゆく
あなたの残りのいのち
あたしのいのちも少しおすそわけして
「萌え野」をあなたに届けます

Ⅱ章　花信風

あたちはニャンなり

あたちはニャンなり
人間のように国も県も市もない
国境はなく宗教の違いも言葉の違いもない
人間のように飛び道具で殺しあうこともない
世界中どこでもニャン語で通じる

あたちはニャンなり
学校もなければ試験もない
会社もなければ

昇進も左遷もリストラも
早期退職も定年も再雇用もない

あたちはニャンなり
野良なら餌になかなかありつけず
交通事故や野垂れ死にも多い
殺処分もある
寿命はせいぜい四年ほど
優しい飼い主に恵まれれば
おいしいごはんも食べられ
キャットタワーも
暖かいクッションもあり
かわいい名前もつけてくれる
十五年くらいは生きる

あたちはニャンなり
年月日もなければ曜日もないが
季節の微妙な変化は人間よりはよくわかる
人間にはわからない秘密の超能力もある
人の心がわかるとか地震を予知するとかね
世界を支配しているのは人間だと
人間は勝手に思いこんでいるらしいが
世界を支配しているのはニャンかもしれない

あたちはニャンなり
今日もニャンは
人間には見えないものたちとお話したり
人間には見えないニャン世界を

ぼおーっと見つめている

花信風《かしんふう》

休日の朝の目覚め
カーテンの隙間から
朝日が差し込み
スイートピーを生けた
ガラスの花瓶と戯れる

あれはやはり奇跡だった
今年八月で十二歳になる
緑色の目をした三毛猫のショコラは

瀕死の状態からよみがえり
二週間動物病院に入院したあと
きのう家に戻ってきた

あの時ショコラは何も食べず
水を飲んでもすぐ吐き出し
獣医師に診せても
非常に危険な状態だった
もうあまりもたないと思い
死んだら埋める場所は
庭の紫陽花の木の下と決めていた

ベッドの近くの台には
寝る時外したブレスレット

パワーストーンの一つは
緑色の猫目石
ショコラの病気平癒と
あたしの新しい出会いを祈り

ベッドから起き上がり
窓を開けると
春分の日の風が
カーテンを揺らし
部屋中に新しい粒子を撒き散らす

ショコラはどこに

ショコラちゃんどこにいるの
いなくなったあたりを毎日毎日探した

三毛猫のショコラちゃんは
動物病院の帰り
立ち寄ったスーパーの駐車場で
キャリーボックスをこじあけて失踪した
一緒に過ごした十二年間の思い出が
走馬燈のようによみがえり

その夜はほとんど眠れなかった
ショコラのいなくなった部屋
ショコラのいない猫用ゲージ
残ったショコラの腎臓食
庭の紫陽花の木の下に
埋葬することはできなかったけれど
十二年間も一緒に暮らしてくれたから

*

あなたは本当にショコラなの
姿や鳴き声はいっしょなのに

あれから二十六日たった夜
猫の鳴き声がするので窓を開けると
何とやせたショコラちゃんだった
うれしさよりも驚きでその夜はほとんど
眠れなかった
どこかの家でご飯をもらっていたのか
水たまりの水を飲んで命をつないだか

一回目は瀕死の重症で今回は長期の失踪で
二回死んでいたはずのショコラ
いっそう愛しくなり
細くなったショコラを思わず抱きしめた
腎臓の数値は
失踪前より良くなっていた

まだここに

いまだに二匹の幻の猫が
家の中をうろうろしたり
爪研ぎで爪を研いだり
あのクッションの上で
毛繕いしたりモミモミしたり
丸くなって寝ていたりする

コシマが五月に死んでから
ショコラも元気がなくなり

あまり食べなくなった
六月の中頃
どんどんやせていき
ショコラはついに息をしなくなった

二週間の入院で命をとりとめた一回目の奇跡
二十六日間の失踪から家に戻ってきた二回目の奇跡
三毛猫ショコラに三回目の奇跡はなかった
あと二ヶ月で十四歳
寿命で死ぬことに奇跡はおこらない

祈りの場には
ショコラとコシマの生きていた証として
二匹の毛を少し切り取り残し

毎日水とキャットフードをお供え
若いころの写真も飾り
猫柄のカバーをした骨壺ふたつ

Ⅲ章　羊羹

羊羹

「お前先に食え！」上官が言った
間宮*がやって来て僕達の部隊に羊羹の支給があった
マラリアからようやく癒えた僕には
内地で食べたどんな羊羹よりうまく
もうこの世に思い残すことはないとさえ思った

戦場ではすべて運が生死を左右した
敵の銃弾があたるかあたらないか
マラリアに耐えられる体力があるかないか

戦友の多くは銃弾や爆弾やマラリアで無惨な姿となった
地獄とはこういうところを言うのだろうと思った

戦前僕は野球少年だった
大学生の僕にもついに赤紙が来て
昭和十八年十月二十一日
明治神宮外苑の国立競技場での壮行会のあと
学徒出陣で南方のトラック島へと送られた

昭和十九年十二月二十日
間宮はアメリカ軍の潜水艦の雷撃により撃沈
その知らせがあったとき
間もなくこの戦争は終わると直感した
僕はトラック島で終戦を迎えその後復員した

昭和二十二年五月三日
日本国憲法が施行された
憲法九条には戦争放棄がうたわれた
これだけの地獄の戦場を体験した日本国民だ
九条を変えようと思う人などいまい

戦後僕は詩人になった
戦場の残酷さは描きたくなかった
他人に話したくもなかった
ただ空虚になった心を少しでも埋めたかった
あの時あの羊羹を食べたように

＊ 間宮：旧日本海軍の給糧艦。給糧艦とは艦艇や基地に食糧や菓子を供給する補給艦のこと。

ある老兵のたわごと

目の前の壁は割と低く土でできていた
明日は壁を乗り越えて
桶狭間で戦った信長軍の一兵士のように
敵の陣地に奇襲をかけるつもりだった
しかし一夜明けると壁は豪雨で崩れ去っていた
そして壁の向こうにいるはずの
敵はひきあげたあとだった
こういうことも何度かあった

次に立ちはだかった壁は
コンクリート製で高かった
正攻法ではとうてい壁を越えられないので
太平洋戦争で硫黄島に旧日本軍が掘った
地下陣地のように
部下とともに
地面に穴を掘って壁を越えることにした
こういうことも時々あった

穴から地上に出て後ろの壁を見て
ニッコリ笑ってから前を見ると
自分の顔色が変わるのがわかった
何と敵の大軍と堅牢な陣地があるではないか
これこそ当面の高い壁

作戦をよく練って
第二次大戦でノルマンディーに上陸作戦を敢行した
連合軍の兵士のように
敵と正面からぶつかるしかない
こういうこともしばしばあった

平凡なこんな僕が
よくいままで生き延びてこられたものだ
紙一重で助かったこともあり
神仏の存在を信じるようになった
かすり傷など日常茶飯事
信じられるのは部下の力と
自分自身の経験
あとは運を天にまかせ

老兵はまだまだ死ねず
ただ前線に赴くのみ

一条の光

一九四四年六月六日
ノルマンディーオマハビーチ
連合軍の最初の上陸部隊は
ドイツ軍の猛烈な十字砲火にさらされ
九割の兵士が戦死した
しかしこれでもかこれでもかと
ぞくぞく上陸する連合軍部隊
そのうち一握りの兵士が崖をはいのぼり
張りめぐらされた鉄条網を破り

ついに突破口を開いた

史上最大の作戦マーチ
ノルマンディー上陸作戦をテーマにした
映画音楽
勇ましく力強く
そして戦争がテーマなのに
何と明るくリズミカルなことか
八方塞がりで打開策なし
もはや万事窮すと思っていた
その曲を聴いたとき
一条の光が見えた

苦しみに耐え

悲しみに耐え
寂しさに耐え
暑さ寒さに耐え
いままで生きてきたが
難局という敵に出くわすたび
これでもかこれでもかともがき苦しみ
なんとか突破口を開いてきた

これからもさまざまな事が
立ちはだかるであろう
されど前進あるのみ！
ひとりの男の人生
一条の光さえあればいい

戦火なき今も

太平洋戦争が終わって七十四年
戦後生まれの僕も
鎮魂と反戦の気持ちがやまない
その中で奇跡的に生き残った人も多くいた
零戦のパイロットだった坂井三郎もその一人
彼の「大空のサムライ」シリーズを
五十過ぎてから全巻むさぼるように読んだ

大空のサムライといわれた坂井三郎

戦場では生と死は紙一重
彼の武士道は常在戦場
戦場ではもちろん戦場を離れても
戦場にいるかのような気迫を持って毎日を生きよと
常に命の大切さを認識せよと
銃弾こそ飛んでこないが現代とて常在戦場
紙一重で運命が変わることがある
振り込め詐欺をとっさの判断で回避
とっさのハンドル操作で交通事故を回避

彼の精神は今も僕の心に生きている
仕事で八方ふさがりになった時
ふと彼のことを思い出していた
ノロウイルスの感染で何も食べられず苦しかった時

ふと彼のことを思い出していた
定年退職後の就活で
求人がほんのわずかで苦しかった時
ふと彼のことを思い出していた

現代に生きる者としても
それなりの覚悟は必要
僕も彼のようにしぶとく生き残りたい
そして少しでも長生きしたい
かつてガダルカナル上空で頭部に被弾するも
平常心を保とうと自制し
意識が薄れたり戻ったりする中
千キロ離れたラバウルに奇跡の生還を果たした
坂井三郎

平成十二年九月歿
享年八十四

Ⅳ章　想の時

原風景

シューマン
ピアノ協奏曲イ短調作品54
第一楽章が流れている

走馬燈のように巡りゆく
はるか遠くの少年の日々
故郷の武庫川の流れ
この川でよく魚を釣った
流れゆくウキを見つめる

春はじめの川面きらきら

雨あがりの夕方
土手の土がまだ湿っている
小学校から帰って
近所に友達のいなかった僕は
夕飯の時間まで武庫川のあたりで
一人で遊んで過ごした
母がよく「光一、ごはんやでー」と
呼びに来た

西山に夕日が少しずつ沈んでいく
夕焼けに僕は何を感じていたのだろうか
たぶん未来のことなど思っていなかった

この世に生まれた時から
過去から未来へと
現時点は少しずつ
ウキのようにゆるやかに流れていく
ずっとこのまま同じような日々が
続くと思っていた

シューマン
ピアノ協奏曲イ短調作品54
第二楽章はいつのまにか終わり
第三楽章が流れている
哀愁を帯びた旋律と
僕の原風景

追憶

恋のアランフェス
この胸のときめきを

遠く過ぎ去った学生時代
大阪梅田の紀伊國屋書店で買った
レイモン・ルフェーブルのレコードに針を落とす

大学二年生の二十歳の時
学館地下の喫茶室ポプラで

生まれて初めて女性と二人で会った
お互いの最近の詩を交換した
僕の詩は温かいと言ってくれた
彼女は自分の詩は冷たいと言われるとも
芸術的な趣のある話をしてくれる
こんな女性は初めてだった
卓球同好会の新人コンパで
十八歳の新人の彼女は斜め前の席だった

僕の母親はとても厳しく
学生のうちは女性とはつきあうなと
次のデートに誘うこともなかったけれど
今までとは違う空間にいた
風景も空気も光も風も

空間は未来へと続いているようだった
彼女は僕よりずっと多くの文学の世界を知っていた
通学の道でたまたま一緒になった時
鮎川信夫という詩人を初めて教えてもらい
「詩芸術」に投稿するようになった

嘆きのシンフォニー
涙のカノン

あまり行きたくなかった第三志望の大学
楽しくない日々を過ごしていたけれど
詩にも音楽にも絵画にも日常生活の中にも
芸術の世界への新しい扉が開き
眼前には全く新しい世界が広がっていた

想の時

目覚めると秋雨の音
窓を開けると隣の家の窓が見える
部屋の中には女性の姿がぼんやりと
その窓は遠い昔のあの窓につながって

小学校二年生の時
算数の時間に教科書を忘れ
僕の前に座っていた女の子に見せてもらった
教科書を返すのを忘れてしまい

母といっしょにその子の家に教科書を返しに行った

休みの日の朝
父とよく散歩に行った
散歩道にその子の家があった
二階の窓から私の姿を見て外に出てきた彼女
休みの日小学校の校庭の片隅で彼女とよく遊んだ
三年生になるとクラスは別になった

中学三年生のころ
僕が通っていたのは中高一貫の男子校
先生も保健室の先生以外は全員男だった
図書館でゲーテやハイネの詩を読んでいたあの頃
思い出の中のその子がずっと忘れられず

「窓と少女」という詩を書いた

高校一年生の文化祭
久しぶりに会った彼女は
化粧が濃く眉毛も剃り制服のスカートは長く
不良グループに入っているという噂
もはや小学校の時の思い出の彼女ではなかった

幼き日のひとつの窓
そこにはひとりの少女が
いつまでも小学生のままの姿で
じっと僕をみつめている

晩秋

赤に黄色に茶色
陸橋の階段下の
色づいた落ち葉の吹きだまり

わたしの人生の
吹き寄せられた落ち葉のような
死ぬまで忘れることのない
多くの思い出たち
その中に

いくつかの恋の思い出も

落ち葉の吹きだまりも
もうすぐ冬を迎え
落ち葉たちも
朽ち果てていくことでしょう

多くの思い出たちも
やがて朽ち果てていくことでしょう
けれど
思い出のいくつかは
詩という言の葉たちに
生まれ変わり
しばらくはこの世に

残ることでしょう

いくつかの恋の想いは
それぞれ色合いの違う球体となって
ふわふわ宙に浮かび
やがてあの世へと
わたしと一緒に帰ります

移ろい

駅のそばのビルの三階
電車から「六本堂歯科」と
歯科の電話番号がよく見えた
若い頃はじめてその歯医者に行った
先生も若かった
待合室には老若男女多くの人

シンマ　抜髄　ＣＲ
親知らずや悪い歯の抜歯

虫歯にはかぶせもの
ブリッジの装着
歯石とり歯茎の掃除
ずっとそこの歯医者にかかっていた
この街を去るまでずっとと思っていた

街の風景も
人の姿も
この世のすべてのものが
気づかないけれど
長い年月をかけ少しずつ変わっていく

三十五年の時が流れた
時代は昭和から平成を過ぎて令和へ

近くに新しい歯医者もでき
患者さんも少しずつ減ってしまい
先生も年齢を重ね高齢に
「六本堂歯科」は最近ついに閉院した

今やビルの三階には
「テナント募集」と書かれた
紙だけが貼られ
思い出が寂しく
わたしの残った歯全体にしみている

2020 ＋

いつもの年のように桜が咲き
しばらくたって立夏を迎えた
いつもの年より
新緑の微笑みは優しく
さつきは恋の香りを撒き散らし

日本は令和になっていた
世界的に大不況だった
どこかの国とどこかの国との

対立は深まり
夜の闇は深まっていた

どこかの国から漏れたとうわさされた
コロナウイルスが全世界を襲った
かつてペストが何度もヨーロッパを襲ったように
夜明け前の闇は一番深く
ひとびとのこころの闇も深かった

いくつかの季節が通り過ぎていった
街にひとびとが戻っていた
多くのひとびとの心は優しく謙虚になり
今あるものに感謝して暮らすようになった
ようやく東の空が白みはじめた

扉の向こうには

詩友に手紙を書いていると
万年筆が
重い記憶の扉をひらく

そこにいるのは
小学二年生のわたし
担任の女性のH先生が
テストに○や×をつけ
点数をつけていたペンの

赤インクのにおい
見知らぬ新しい世界への
入口のようなにおいだった

赤インクのにおいは
次の記憶の扉をも開く

始業式でもらう教科書のにおい
算数には算数の
社会には社会の
音楽には音楽の
すがすがしい朝のようなにおいがあった

二つ目の扉が開くと

連鎖反応が発生し
記憶の扉が次々と開いていく

給食の時の牛乳やマーガリンのにおい
運動場に白線を引く石灰のにおい
木造校舎の床のにおい
ハーモニカのにおい
チョークのにおい
消しゴムのにおい

最後の扉の向こうには
今住んでいる街が見えた

いつの間にか

わたしは大人になってしまった

誰もいない礼拝堂で

あたしのこころ
あなたに縛られ
広く深い湖の中へ
落とされてしまったよう

誰もいなくなった
街はずれの
教会の礼拝堂で
二人で祈りを捧げてから

しばらくお話するのが
あたしの秘密の時間

あなたはこころの清らかな人
あたしのこころを縛るなんて
まったく考えてないでしょう

お会いしていない
長い時間は
悲しみに似た液体が
体じゅうを流れ

道ならぬ道
初恋のような

決して結ばれることのない
あたしの最後の

水の精

山裾の森に入れば
霧がたちこめ
少し先も見えなくなった

深い霧の中
まんさくの黄色い花が
異界へと手招きする

わたしを呼んでいるのは

昔愛した女性
別れたくはなかった
あなたのからだには
こころには
水が流れている

わたしのからだにも
こころにも
水が流れている
水の精は花の精と手を結ぶ
わたしの水が

あなたのからだに
こころに吸い込まれていく

あなたの水も
わたしのからだに
こころに吸い込まれていく

ようやくわかりました
あなたもほんとは
わたしと別れたくはなかった

霧が晴れてゆく
まんさくの黄色い花には露
近くには小川の流れが見えた

魔法

読書家は暗い人です
詩を書く人は根暗ですと
かつてわたしの脳細胞は染められていました

わたしの部下になった若い女子社員に
滴定試験の方法を手とり足とり教えました
指示薬Xを入れた
ビーカーの中の水溶液に
ビュレットの中に入れた

酸性の滴定液をぽたぽたと滴下すると
少しずつ水溶液の pH が低下し
指示薬Xの作用で
ある一定の pH になると急に色が変化します
紫から緑に

あなたは
昼休みいつも本を読んでいました
読書家なのにとても明るくておもしろい人

あなたの手が
仕草が
声が
微笑みが

小さな意地悪が
滴定液となって
あなたというビュレットから
ぽたぽたと少しずつわたしに滴下され
そのころよく飲んでいた
マローブルー*というハーブティーの一成分が
指示薬として作用し
やがてわたしの脳細胞すべてが
読書色に変色してしまいました

本をたくさん読むことはいいことです
詩を書くこともいいことです
脳細胞にしみついた偏見も
溶かされてしまったのです

＊　マローブルー：レモン果汁を一滴垂らすと紫色からピンク色に変化する。

酔芙蓉

山門をくぐり境内へ
大きな石の上に置かれたお供え
ここかしこに咲いている酔芙蓉の花
一輪だけ
そのさりげなさは
観音菩薩のはからい

酔芙蓉
朝のうちは純白

午後には淡いピンク色
夕方から夜にかけては鮮やかなピンク
お酒でほんのり
はじらいの
八重の花

あなたのほめことば
そして酔芙蓉観音へのお誘いは
とてもさりげなく
あたしも
自然にあなたと
そこへ行きたくなって

ここは

京都山科　大乗寺
境内の散策のあと
あなたと抹茶をいただきます
初秋の時期だけ出てくる
銘菓「酔芙蓉」もいっしょに
今日もあの時のように

もう地平線よりはるかに遠い
馴れ初めの頃
あたし
あと半年で
暦が還ります

スケッチブックに水彩で

陽菜（はるな）
今では廊下で会った時だけが
心が通い合う時
いつもどちらからともなくお話をする
家族で遊びに行った場所のパンフレットや
おみやげのお菓子をくれることも
足に軽い障害があるのに
いつも明るく優しく素直で
世の健常者たちよりよほど健康的

イメージを和菓子にすると
「紫陽花のあかり」

星香（せいか）
よく行くクッキー屋さんの喫茶室
よくクッキーを一枚か二枚
こっそりサービスしてくれる
会うといつもたわいもないお話を
私服ではお店の制服の時とは見違えるほど
百合の花が咲いたようになる
イメージを和菓子にすると
「白百合の想い」

結月（ゆづき）

まだお話したことはないけれど
駐車場で朝よく会う熟年の妖艶な人
ずっと前から知り合いだったかのように
向こうから丁寧に挨拶してくれる
出勤の朝のささやかな楽しみ
イメージを和菓子にすると
「椿ひらく」

僕が遠い故郷に帰る日もそう遠くはない
厳しい宮仕えの中
ビタミン剤をもらってきたこの人達も
あと数年で思い出の花となる
花にちなんだ和菓子を
スケッチブックに水彩で描いておこう

この詩を添えて

あとがき

花信風とは、春の初めに花の開く事を知らせる風の事です。その風により虫たちが息を吹き返し、草木は芽を出し、花を咲かせます。生き物に命を吹き込む風とでもいうのでしょうか。しかし、これは生物や植物の事だけではなく、人々に、さりげなく何気ない言葉で気持ちを明るくし、元気に勇気づける事をも言うそうなのです。

本詩集は、タイプの違う作品をそれぞれまとめ、四つの章に分ける事にしました。

Ⅰ章は前詩集『命なりけり―もえの和菓子アルバム』の続編で、これも一つのストーリーになっています。Ⅱ章は、私が飼っていた猫の話です。「花信風」は、実際の経験をもとに、ある若い女性が演じています。Ⅲ章は、戦争に私の人生をからめた詩ですが、最初の「羊羹」という詩は、史実に基づいたフィクションです。Ⅳ章は、私自身の経験に基づいた詩も多くあり、直近の作品も入れました。

作品を見てみると、私自身が経験した事をもとにした詩と、俳優のように他の人物を演じている詩があります。演じているのは、Ⅰ章に描いた和菓子屋の女主人と初老の男性、

「羊羹」に描いたような戦争の時代を生きた男性、「酔芙蓉」に描いた熟年夫婦などです。

「あたし」という主語が入っている詩は、女性を演じています。今後も、自分自身の経験をもとにした詩や、別の人物を演じるような詩も書きたいと思っています。

さて私は、今年三月で四十年間のサラリーマン人生にピリオドを打ちました。サラリーマン生活はとても厳しいものがあり、会社で仕事をしている時は、戦場にいるかのような感覚を覚えた事がよくありました。日々真剣勝負であったように思います。その事は、Ⅲ章の二作目以降に反映されています。

私はかねてから、心の中がたとえ闇の中にあっても、東の空が白み始めるようなイメージの詩を書きたいと思ってきました。それで、「花信風」という言葉が思い浮かんだのかもしれません。拙い詩集ではありますが、この詩集を読んで下さった人々の心の中に、新たな花信風が吹き渡っていれば幸いです。

最後に、出版に際しお世話になりました土曜美術社出版販売社主の高木祐子様、編集長の中村不二夫様、素敵な装丁をしていただいた高島鯉水子様、私を支えて下さった詩友の皆様に、心からお礼を申しあげます。

二〇二一年八月

山本光一

著者略歴

山本光一（やまもと・こういち）

1957年　兵庫県生まれ

2008年　詩集『カプチーノを飲みながら』（土曜美術社出版販売）
2016年　詩集『命なりけり』（土曜美術社出版販売）
日本詩人クラブ、茨城県詩人協会、千葉県詩人クラブ会員

現住所　〒300-0341　茨城県稲敷郡阿見町うずら野4-14-25
筑波ハイツ102

詩集 花《か》信《しん》風《ふう》

発行　二〇二一年八月二〇日

著者　山本光一
装丁　高島鯉水子
発行者　高木祐子
発行所　土曜美術社出版販売
〒162-0813　東京都新宿区東五軒町三―一〇
電話　〇三―五二二九―〇七三〇
FAX　〇三―五二二九―〇七三二
振替　〇〇一六〇―九―七五六九〇九
印刷・製本　モリモト印刷
ISBN978-4-8120-2634-2　C0092